Le chant du moineau

Le chant du moineau

et autres contes égyptiens

Choisis, traduits et adaptés
par Ayyam Sureau
Illustrations de Chen Jiang Hong

Mouche
l'école des loisirs
11, rue de Sèvres, Paris 6e

Du même auteur à *l'école des loisirs* :

Dans la collection Neuf

Contes du Caire : Ce que j'ai de plus précieux

Loi numéro 49.956 du 16 juillet 1949 sur les publications destinées à la jeunesse : mars 2001
Dépôt légal : mars 2001
Imprimé en France par Mame à Tours

Pour Maryam et Victoire

Le chant du moineau

Kan yama kan… Un jour, un jeune garçon fut changé en moineau. Comment ? Je ne m'en souviens plus. Peut-être en réponse à une prière. Peut-être sa mère avait-elle dit avant sa naissance : « Ô Seigneur, donnez-moi un fils ! Fût-il un moineau. »

Enfin peu importe, le moineau, ou le petit garçon devenu moineau, s'envole loin de sa maison.

En survolant le pays, il voit au-dessous de lui des paysans qui sèment de l'orge. Alors, il descend, pique un grain d'orge et, l'emportant dans son bec, s'envole à nouveau. Plus loin, il aperçoit une femme en train de moudre du grain pour faire de la farine.

– Veux-tu moudre mon grain d'orge ? lui demande-t-il.

– Pourquoi pas ? répond la femme.

Et elle continue à tourner sa meule. Quand elle a fini, le moineau est toujours là.

– Je voudrais m'en aller, lui dit-il.

– Et qu'est-ce qui t'en empêche ? lui répond la femme.

– Je veux mon grain d'orge.

– Ton grain d'orge ? Mais il est déjà moulu.

– Je le veux, il est à moi, insiste le moineau.

– Mais comment puis-je te le rendre, c'est impossible !

– Alors donne-moi à la place une poignée de farine.

Pour se débarrasser du fichu volatile, la femme lui donne une poignée de farine, et il s'en va en effet.

Survolant la campagne, le moineau aperçoit des villageoises en train de pétrir le pain.

– Voulez-vous une poignée de farine à ajouter au pétrin ? leur demande le moineau.

– Bien sûr, et je t'en remercie, répond l'une d'elles.

Et elle continue à pétrir sa pâte. Quand elle a fini, elle façonne des petites boules de pain, puis elle les aplatit avant de les enfourner. Maintenant le pain est cuit, et le moineau n'a pas bougé.

– Rendez-moi ma poignée de

farine. J'ai eu une poignée de farine pour un grain d'orge, rendez-la-moi. Ou alors donnez-moi un pain pour ma poignée de farine.

Les villageoises lui donnent un des pains sortis du four et le chassent à coups de pierres.

Le pain dans son bec, le moineau s'envole à nouveau. Aussitôt, il voit au milieu d'un champ des hommes qui ramassent des oignons. Il va trouver l'un d'eux et lui dit :

– Tiens, mange ce pain, il est encore tout chaud !

L'homme remercie l'oiseau et mange le pain avec un oignon. Quand il a fini, le moineau lui dit :

– Maintenant, je m'en vais.

– Que la Paix soit avec toi, lui répond le paysan.

– Je veux mon pain.

– Comment ça ? mais je l'ai mangé, dit le paysan.

– J'ai trouvé un grain d'orge. J'ai eu de la farine pour mon grain d'orge. Un pain pour une poignée de farine. Je veux un chapelet d'oignons en échange de mon pain.

L'oiseau insiste tellement que les paysans lui donnent dix oignons attachés ensemble avec une corde et l'insultent jusqu'à ce qu'il disparaisse de leur vue.

À nouveau, le moineau vole au-dessus de la campagne, au-dessus d'un village, puis d'un autre, le long du Nil, il aperçoit des bergers venus abreuver leurs troupeaux.

– Prenez ces oignons, ils sont pour vous, leur dit-il.

Tout contents, les bergers croquent chacun un oignon.

– À présent, je dois m'en aller, reprend l'oiseau.

– Que Dieu soit avec toi, lui répondent les bergers.

– Je ne peux pas partir sans mes oignons. J'ai trouvé un grain d'orge. J'ai eu de la farine pour mon grain

d’orge. Un pain pour une poignée de farine. Un chapelet d’oignons pour un pain. Et maintenant, une chèvre contre mes oignons, ou je ne pars pas.

De peur que le moineau n'énerve le troupeau avec ses cris, les bergers lui donnent une chèvre.

Après, il rencontre des gens qui ramenaient des vaches à l'étable. Les arrêtant sur leur chemin, il leur dit :

– N'avez-vous pas faim ? Faisons rôtir cette chèvre et dînons…

Bien sûr, les gens ravis font un feu et rôtissent la chèvre pour la manger. Comme d'habitude, dès qu'ils ont fini, le moineau reprend sa rengaine :

– J'ai trouvé un grain d'orge. De la farine pour mon grain d'orge. Un pain pour une poignée de farine. Un chapelet d'oignons pour un pain. Une chèvre pour mes oignons. Et une vache pour ma chèvre ou je ne vous lâche pas d'une semelle.

Fatigués et repus, les gens finissent par lui donner une de leurs vaches en le chassant, et en jurant, et en priant Dieu de ne jamais revoir ce maudit moineau.

Le voilà donc avec sa vache qui croise une procession de villageois.

Tous dansent et chantent car ils vont célébrer une noce. Le moineau les rejoint et leur dit :

– Il faut que vous me laissiez

tuer ma vache en l'honneur de la mariée. Nous la ferons cuire et il y aura assez de viande pour tout le monde.

Les villageois acceptent, heureux comme tout. Mais après le festin, le moineau leur dit :

– J'ai trouvé un grain d'orge. J'ai eu de la farine pour mon grain d'orge. Un pain pour une poignée de farine. Un chapelet d'oignons pour un pain. Une chèvre pour mes oignons. Une vache pour une chèvre. Donnez-moi la mariée en échange de ma vache.

Les villageois l'insultent, le chassent à coups de pierres, les femmes lancent des youyous assourdissants.

Rien n'y fait, le moineau attend qu'on lui livre la mariée. Et c'est ce qu'on fait.

Aujourd'hui encore on l'entend se vanter.

– J'ai trouvé un grain d'orge. J'ai eu de la farine pour mon grain d'orge. Un pain pour une poignée de farine. Un chapelet d'oignons pour un pain. Une chèvre pour mes oignons. Une vache pour une chèvre. Une fiancée pour une vache.

La prochaine fois que vous entendrez son chant, vous comprendrez ce qu'il dit en langue de moineau.

Toota, toota, toota… mon histoire est finie. Était-elle belle ou bizarre ?

Bizarre ? Vous me devez une histoire !

Une histoire sans fin

Kan yama kan… Il était une fois un roi très cruel. On disait que son cœur était de granit, car le granit est la plus dure des pierres et ce roi était le plus dur des hommes. Il n'écoutait que ses caprices et ne faisait que ce qu'il voulait. Une fois il fit arracher tous les rosiers blancs du pays parce qu'il n'aimait pas le blanc. Une autre fois il interdit aux gens du pays de sortir de chez eux toute une journée parce qu'il ne voulait voir personne durant sa promenade. Les habitants du royaume en avaient assez. Ils bouillaient de rage. Mais que pouvaient-ils faire ? Il était leur roi. Et ce roi avait tout de même une qualité, il tenait toujours ses promesses.

Le roi avait une fille de la plus grande beauté. Les poètes du royaume n'en finissaient pas de chanter le noir de ses yeux, l'arc tendu de ses sourcils, la souplesse de sa taille. Chaque homme qui l'apercevait rêvait en secret de l'épouser. Mais qui aurait eu l'audace de demander sa main à son terrible père ? Personne n'était assez fou.

Enfin, voilà que le temps passe, et c'est bientôt le roi lui-même qui

se met en tête de chercher un mari pour sa fille. Mais comment le choisir ? Il faut qu'il soit à la fois intelligent et brave. Ce n'est pas facile à trouver. Le roi réfléchit, réfléchit, réfléchit, pendant des jours. Des nuits entières, il ne dort pas. Enfin, il a une idée.

Le roi fait appeler le crieur de la ville et lui dit :

– Va annoncer à tous les habitants du royaume que je donnerai ma fille à marier à l'homme qui me racontera une histoire sans fin. Ceux qui oseront me raconter une histoire avec une fin auront la tête coupée. Mais celui qui réussira à me raconter une histoire sans fin, non seulement il épousera la princesse, mais encore il me succédera comme roi de ce royaume.

Les nouvelles voyagent vite. De ville en ville, de village en village, de l'autre côté des frontières dans

les royaumes voisins, très vite tous les jeunes hommes ne pensent plus à rien d'autre qu'à inventer une histoire qui n'ait pas de fin. Les prétendants les plus naïfs et les plus arrogants du pays se présentent les premiers. Hélas, leurs histoires finissent toujours à un moment donné. Et avec elles, l'histoire de leur vie car le roi leur fait couper la tête. Il est sans pitié.

Un jour, un prince nommé Hilal – croissant de lune – arriva dans la ville.

Quoique venant d'un pays lointain, il était connu dans tout le royaume. On disait qu'il était juste dans ses paroles, généreux envers les pauvres, fidèle en amitié. Toutes les femmes le trouvaient beau. Le prince Hilal était surtout très intelligent.

Partout, on murmurait que Hilal était venu voir le roi pour deman-

der la main de sa fille. Alors, dans chaque maison, on trembla et on pria pour le valeureux prince. Tous avaient peur pour lui comme s'il avait été leur propre fils.

– Mais comment donc peut-on raconter une histoire sans fin ?

Le prince Hilal se rendit chez le roi et lui fit sa demande en mariage.

– Connais-tu les conditions ? lui demanda le roi.

– Oui, Majesté, vous voulez que je vous raconte une histoire qui n'ait pas de fin.

– Et connais-tu la punition, si tu échoues ?

– Oui, Majesté.

– Sais-tu ce qui est arrivé à tous ceux qui ont essayé avant toi ?

– Oui, Majesté, leurs histoires avaient une fin. Ils ont eu la tête coupée.

– Jeune homme, insista le roi, tu es fils de roi, tu as l'esprit vif et tu es encore jeune. Fais attention à ce que tu vas dire, car même pour toi je n'aurai pas de pitié. Es-tu bien certain de vouloir essayer ?

– Majesté, répondit fièrement le prince, je ne serais pas venu si je n'étais pas certain que mon histoire vous plairait.

Le roi, accablé, ne put que soupirer tristement :

– Très bien, alors raconte.

Le prince Hilal raconta donc son histoire, qui commençait ainsi :

Dans un village lointain vivait un homme qu'on appelait Osmane le Misérable. Il n'était pas pauvre, bien au contraire. Il était extrêmement riche. On l'appelait « le Misérable » à cause de son avarice. Comme il aimait l'argent ! Il adorait l'argent... le vénérait. Jamais assez riche, il avait amassé, à force d'économies, une immense fortune qu'il gardait jalousement dans des coffres-forts, sans en faire profiter personne.

Osmane le Misérable possédait de très grands champs qui lui donnaient chaque année d'abondantes récoltes de blé. Pour garder tout son blé, il avait fait construire

douze énormes silos. On les voyait de loin, ils étaient aussi hauts que le minaret de la mosquée du village. Et tout autour des douze silos pleins de blé, il avait élevé un mur en pierre haut comme ça, sans aucune porte. La seule façon d'arriver de l'autre côté du mur était de se servir d'une échelle qu'Osmane gardait aussi jalousement que le reste, chez lui, enfermée à double tour. Les silos à blé étaient si énormes et le mur si haut que les habitants du village avaient surnommé la propriété d'Osmane « Osmaneville ». Franchement, on ne pouvait pas l'envier, il valait mieux en rire.

Cependant, une année il y eut une sécheresse terrible. Même les plus vieux n'avaient jamais connu de chaleur aussi cruelle. Mais surtout il n'était pas tombé une goutte de pluie de toute l'année. C'était une catastrophe. Toutes les plantes dépérirent puis moururent, les moutons et les bœufs devinrent de plus en plus maigres, de plus en plus maigres, et finirent par mourir de faim à leur tour. Les villageois eux-mêmes n'avaient pas le choix : ils mangèrent les ânes et les chiens qui n'avaient pourtant plus que la peau sur les os. Désespérés, les anciens du village se réunirent pour trouver une solution. Il fallait faire vite, sinon tout le village allait mourir de faim.

L'un dit : « Il faut aller voir Osmane le Misérable. Il a des montagnes de blé dans ses silos, peut-être nous en donnera-t-il un peu.»

Un autre répondit: «Osmane le Misérable… est un misérable! Il ne donnerait pas un verre de thé à son propre frère. Tout le monde sait que son cœur est fait de granit et que rien ne l'attendrit. Même si nous mourions tous sous ses yeux, cela n'y changerait rien.»

Mais un troisième dit: «Et si on essayait? Nous n'avons rien à perdre. S'il veut nous donner de son blé, il nous le donne; s'il ne veut pas, nous aurons au moins tout tenté. Et puis n'oubliez pas qu'Allah tout-puissant est au-dessus de nous tous.»

Les plus vieux villageois allèrent donc voir Osmane le Misérable. Ils

lui racontèrent longuement leur infortune et le prièrent à genoux de leur venir en aide. Rien n'y fit.

Osmane le Misérable répondit seulement : « Je n'ai pas labouré mes champs, semé, moissonné mon blé, pour que vous le mangiez. Je n'ai pas arrosé la terre avec la sueur de mon front pour vous faire plaisir. Ce blé est le fruit de mon travail et aucun de vous n'en verra un seul grain. »

Oui, vraiment, Osmane le Misérable était bien misérable. Mais la puissance de Dieu est infinie.

Le lendemain, des armées innombrables de fourmis envahissent les silos d'Osmane. Bien sûr, tout autour des gigantesques silos, il y a un mur haut comme ça. Mais, au pied de ce mur, il y a un trou

minuscule, petit comme ça. Si petit qu'il ne laisse passer qu'une seule fourmi à la fois. Qu'importe… les innombrables fourmis passent une à une par le minuscule trou, et ressortent une à une.

La première fourmi entre, prend un grain de blé, ressort pour le por-

ter au village et revient prendre un autre grain.

Pendant ce temps, la deuxième fourmi entre, prend un grain, ressort pour le porter au village et revient prendre un autre grain.

Puis une autre fourmi entre, prend un grain, ressort pour le porter au village et revient prendre un autre grain.

Puis une autre fourmi entre, prend un grain, ressort pour le porter au village et revient prendre un autre grain.

Puis une autre fourmi entre, prend un grain, ressort pour le porter au village et revient prendre un autre grain.

Puis une autre fourmi entre, prend un grain, ressort pour le por-

ter au village et revient prendre un autre grain.

Puis une autre fourmi entre, prend un grain, ressort pour le porter au village et revient prendre un autre grain.

Puis une autre fourmi entre, prend un grain, ressort pour le porter au village et revient prendre un autre grain.

Puis une autre fourmi entre, prend un grain, ressort pour le porter au village et revient prendre un autre grain.

Puis une autre fourmi entre, prend un grain, ressort pour le porter au village et revient prendre un autre grain.

Puis une autre fourmi entre, prend un grain, ressort pour le por-

ter au village et revient prendre un autre grain.

Puis une autre fourmi entre, prend un grain, ressort pour le porter au village et revient prendre un autre grain.

Le prince Hilal continue de raconter ainsi son histoire de fourmis qui entrent, qui sortent, qui rentrent à nouveau, jusqu'à la tombée de la nuit. Fourmi après fourmi, il raconte. Des jours passent, des semaines passent, il raconte encore. Des mois passent, il n'a pas fini de raconter. Chaque jour, le roi s'impatiente un peu plus.

– Et après ? demande-t-il au prince. Et après ?

Chaque fois Hilal répond :

– Patience, Majesté, les fourmis continuent d'entrer et de sortir. Je vous l'ai dit, il y a des montagnes de blé dans les silos d'Osmane, et le nombre des fourmis est sans fin.

À la fin, le roi en eut assez. Il dut rendre justice à l'intelligence du prince qui lui avait raconté une histoire sans fin. Et comme ce roi tenait toujours ses promesses, il donna sa fille en mariage à Hilal et lui légua son trône. Il y eut une grande fête dans le royaume. J'en reviens, et, croyez-moi, tout le monde y est heureux.

Le loup et la souris

Un loup et une souris décident de planter ensemble des oignons. Ne riez pas. La terre, ils l'ont louée à Mahmoud, qui habite la maison au bout du village. On dit même qu'ils ont payé vingt piastres un seul qui-rat de terrain. Tout le monde sait que Mahmoud est un filou.

Donc, ils plantent des oignons. À la fin de l'année, quand les oignons sont mûrs, le loup vient trouver la souris et lui dit :

– Allons, mon ami ; allons prendre notre récolte d'oignons. Mais d'abord, comment allons-nous la partager ?

Comment voulez-vous qu'une souris discute avec un loup ! C'est impossible, évidemment, et la souris n'a pas d'autre choix que d'accepter le partage du loup.

– Comme tu voudras, dit la souris.

– Voilà, reprit le loup, c'est moi qui vais diviser la récolte et chacun aura sa part.

– Comme tu voudras, répond la souris.

– Et c'est moi qui choisirai ma part en premier.

– Oui, bien sûr, dit humblement la souris. C'est à toi de diviser, et aussi à toi de choisir le premier. Laisse-moi ce dont tu ne veux pas, je m'en contenterai.

– Eh bien! c'est très simple, reprend le loup satisfait. Tout ce qui est au-dessus du sol est à moi, et tout ce qui est sous la terre est à toi, je n'en veux pas. Qu'en penses-tu, c'est équitable, non?

Une chose est claire, le loup n'est pas un fellah. Car tous les paysans savent bien que les oignons poussent sous la terre. Les magnifiques feuilles qui jaillissent toutes droites de la terre au-dessus de chaque bulbe ne valent absolument rien.

Et voilà le loup qui arrive, tout content, pour couper les feuilles du champ d'oignons. Takh! Takh!

Takh ! En un rien de temps, toutes les feuilles sont à terre. Il en fait d'immenses tas qu'il dépose fièrement devant sa maison.

Bien sûr, en deux jours, les feuilles qui paraissaient si belles sont affreuses et sèches comme du foin.

De son côté, la souris a déterré les oignons avec l'aide de toutes les

souris du village, et même des villages voisins. C'est un gros travail de sortir les oignons du sol, surtout pour des souris. Après, il faut les attacher ensemble, dix par dix, c'est long, très long. À la fin, les souris sont exténuées. Mais elles ont une montagne d'oignons plus haute que la maison de Mahmoud et qui brille comme de l'or au soleil.

Comme il est le plus sage, le cheik des souris est chargé de vendre la récolte d'oignons au marché. Il n'en revient pas quand le plus riche commerçant lui en propose trois cents livres. Trois cents livres ! Le loup, lui, essaie aussi de vendre son tas de feuilles mais, sur la place du marché, chacun lui rit au nez.

– Si j'avais trente chevaux, je te

l'achèterais, ton foin, mais Dieu ne m'a donné que ma pauvre ânesse qui a si peu d'appétit !

Tout le monde se met à rire. Le loup comprend qu'il s'est trompé. Mais à qui la faute ? C'est lui qui a fait le partage, et c'est lui qui a choisi le premier ! Il ne peut s'en prendre qu'à lui-même. Honteux, il rentre chez lui en bougonnant et en maudissant la souris :

– Eh bien, la prochaine fois, mon ami, tu ne m'auras pas.

L'année suivante, les deux compères décident à nouveau de planter un champ ensemble. Mais planter quoi ? Le loup, qui a gardé un mauvais souvenir des oignons, dit :

– Cette fois, nous allons semer du blé.

Alors, ils plantent du blé. Des mois plus tard, lorsque les blés sont hauts comme ça, le loup va trouver la souris :

– Écoute, nous allons diviser notre récolte de blé. L'année dernière je t'ai laissé la meilleure part parce que je ne voulais pas abuser de ma force, mais cette année c'est moi qui choisirai le premier.

Habituée aux manières du loup, la souris acquiesce.

– Cette fois, reprend le loup, tout ce qui est dans la terre sera à moi et tout ce qui est au-dessus, à toi. Es-tu d'accord ?

Bien sûr, le loup se moque bien de savoir si la souris est d'accord, mais il lui pose la question pour la forme. La souris appelle donc tous ses amis et ses parents, et tous travaillent comme des fous à moissonner le blé. Puis ils le battent pour en recueillir le grain. Ils en récoltent une énorme quantité, car la terre de ce filou de Mahmoud est tout de même très bonne. Comme prévu, ils laissent les racines, qui cette fois ne valent rien, pour le loup.

Vous avez compris, le loup s'était trompé une fois de plus. Alors quand il voit la souris au marché, en train de compter l'argent, il est ivre de colère.

– Tu ne vas pas t'en tirer comme ça, lui dit-il. Demain nous ferons une course, si je gagne tu me donneras tout l'argent que tu viens de gagner en vendant ton blé. Et si tu gagnes, je te le laisserai.

– Comme tu voudras, répond la souris qui, comme vous savez, ne pouvait pas contredire le loup.

En retournant chez elle, la souris est bien ennuyée. Un loup contre une souris, la course est perdue d'avance ! Alors elle réunit toute sa famille et leur dit :

– Écoutez-moi. Demain, le loup et moi allons faire une course. Je veux que l'une de vous se tienne sur la ligne d'arrivée, et toutes les autres, vous vous éparpillerez tout le long de notre chemin.

Arrive l'heure de la course. Le loup est sûr de gagner, il regarde son minuscule adversaire en ricanant. À vos marques, prêts, partez ! En une enjambée, le loup a laissé la souris loin derrière. Pourtant devant lui, que voit-il ? Une souris ! Perplexe, il la dépasse, et que voit-il

encore devant lui ? Une autre souris, mais il croit que c'est toujours la même. On peut être fort et naïf à la fois. Le voilà qui atteint presque la ligne d'arrivée et, devant lui, déjà sur la ligne, qui voit-il ? Une souris évidemment, fièrement postée à sa place.

– Tu as perdu, lui dit-elle. Nous sommes venus à bout de ta malice.

Et voilà l'histoire du loup et de la souris. Si vous ne me croyez pas, demandez à Mahmoud, c'est lui qui me l'a racontée.

Table